歌集

空と海と

歌集 空と海と

山田弘

青磁社

山田弘

青磁社

空と海と＊目次

I

II

山田弘歌集

空と海と

I

石仏

拾いたる椎の実ひとつポケットに指に探れば夢のひろがる

逞ましき四十八体石仏は小さきわれを励まし給えり

秋風に湖面の波は白鬚の朱き鳥居をゆらし映しぬ

感激も興奮もなく蒸し暑き満員電車に広告見上ぐ

騒音のひと時止みて交叉点を救急車ゆっくり過ぎて行きたり

温かき水炊き囲む食堂のテレビは飢餓の難民映す

黒部ダム

忽ちに嶺おおいくる白雲に蒼き黒部湖見えずなりたり

黒部ダム静かに水を湛えいて工事犠牲者の碑《いしぶみ》を映す

高原バスは霧深きなか登りきて海抜千メートルに青空見放く

白き息吐きつつ両手ポケットに入れて歩めば孤独となりぬ

近づきくる托鉢僧のひと声は長く続きて過ぎてゆきたり

夏柑

かたくなに手術を拒みいたる友医師の説得に小さくうなずく

裏畑に棄てられしままの白菜は斜めに芽立ち花咲きており

職退くと言うを留めてあせらずに療養せよと言いて別れぬ

悟りても癌とは言わず生きたしと別れに友は二度三度言う

紀州よりの土産と言いて夏柑をくれたる友は間なく逝きたり

ふる里の共同墓地の松枯れて夏陽は亡母の墓石に射す

真夏日の緑光れる参道に鳴きつげるせみ幾百の蟬

力なく羽根を動かし踠きいる夾竹桃のかげの落ち蟬

養魚池の鱒を空より狙う鳶旋回しつつ鋭き眼する

燃え盛る線香花火の炎は赤くかざす少女の顔を照らせり

ヨーロッパの旅

三層の雲海抜けて陽光《ひかり》浴びわが旅客機の西へ飛行す

高だかと聳ゆる嶺に冠雪のウラル山脈長く続きぬ

広大なツンドラ地帯はただ茶色北極圏は人寄せつけず

ヒットラーの残しし道路アウトバーン観光バスは速度増したり

軽快なリズムに踊る老夫婦ミュンヘンの街の楽しみ深し

追い越さるる肩巾広く逞ましき眼差しはやさし西独の街

平和なるスイスの国に備えあり観光道路に地雷敷設さると

ユングフラウ山頂駅の大サイン帳漢字で書きぬわれと妻の名

高き窓のステンドグラスに陽の射して大聖堂は紫に染む

除夜の鐘

一年の区切りつけたる鐘の音澄みて心の奥ふかく入る

ゆらぎなき炎の立ちて灯明の神仏を拝して今日の始まる

餌を撒く少女囲みて乱舞するユリカモメの群れ鳩の幾羽も

古都税にかかわりもちて東山背にして坐せる霊山観音

門とざす清水寺は静もりて遠く伽藍を拝みて去りぬ

庭広く門放たれる奴茶屋赤き毛氈冬日にあかるし

みどり児

宮参りに抱かるる児は眠りいて大人は神妙にご神酒頂く

泣き声の部屋に溢れて児をあやす術なく嫁の帰り待ちおり

みどり児を抱ける腕に感じおり未知の入りくる重き頭を

夕暮れて灯り点きたる隣家の障子に影の暫くゆるる

降る雪はコートの襟のすき間より刃のごとく頸に触れたり

北風の空に鳴る音旋律となりて時折貨車の音添う

鯉のぼり

淡雪は桜並木に降りそそぎ溶けて光りぬ夕茜うけ

相応の仏壇求めぬ大安を選びて僧をたのみ供養す

気の急《せ》きて朝の勤行あぐる時われの信仰の浅きを思う

合掌の形覚えし幼孫やがて心経も覚えるならん

鯉のぼり泳げる空の青く澄みうすき半月とまりておりぬ

艶やかに紅の花咲きそめぬ孔雀サボテン日に輝きて

津の国寮

鮮明に見ゆる眼鏡にかけ替えて値上りしたる数字を見たり

会社訪問に出で行く寮生この朝紺の背広に黒き靴光る

寮生に人事課よりの電話あり呼び出し放送の声もはずみぬ

階段を駈け上り来る寮生は一段ごしに追い越してゆく

道場に一瞬気合ほとばしり体重百キロ宙に舞いたり

五分刈を更に短く丸めたるは昨日試合に負けたる者ら

真夏日

空爆をうけし一瞬火柱の立ちて沈みぬ吾が乗りし艦

友ら散りしブインの海の遙かなり「日進」果つる日の暑かりき

琴の音に誘われ登る須磨寺の森ゆるやかに人の少なし

早朝のプールサイドは人のなく静けき空より水は蒼しも

捕虫網かざして追える子を躱し揚羽蝶は飛び去りゆけり

ひと夏に一日だけの当番の吾にも子等は先生と呼ぶ

真夏日のまぶしき午後を熱風の停まりて街に人影のなし

花活ける妻

勤めもちやがて十年となる妻は髪の白さの目立ちてきたり

気にせずと言いて鏡を見し妻は白髪頭《こうべ》を撫でて笑みおり

夜遅くひとり静かな食堂に花活ける妻の鋏の音す

花の色水盤の色に迷うらし活花する妻の楽しげなるさま

三本の孔雀の羽根と草花を活けおえ妻はしばし眺めぬ

細《ささ》やかな趣味を持ちたる妻なれば色形違う花器三個買う

いつよりか諍いのなく二人住む今朝雨のなか妻を見送る

禅寺

禅寺の庭砂に波紋の鮮らけく鉄熊手曳く僧の若かり

戒律の今も厳しき禅寺に精進料理に般若湯くむ

吹く風に霊気感じて見上げたる老杉の幹は三尋を越ゆる

極楽橋に敷きつめらるる石畳一〇八枚を踏みて渡りぬ

杉森の深きを抜けて眼の前に真白く落下す那智の御滝

那智の山急石段に息はずみ見知らぬ人の励ましくるる

山科の里

ひとすじの線路は遠く家並みに入りて小さき電車出でくる

短日の午後の日射しは部屋ふかく及びて畳に温もりもてり

牛尾山暮れてひとつの闇となり山科の里眠りに入りぬ

体育祭を告ぐる爆竹グランドに跳ね飛ぶ音の空に響けり

若きらと並びて待てるスタートに胸の動悸の激しくうてり

稔りたる稲田の岸にひと筋の刈り残しある彼岸花燃ゆ

葬列

風寒き師走の町の夕暮れて時より速く人動きゆく

ひき返すことなき友の葬列は枯葉散る道黒き影ひく

葬列は急勾配を登りゆき松山の麓墓地につきたり

悩めるを心に秘めて除草しつつ大豆畑に倒れ逝きたり

「日進」慰霊祭

軍艦旗掲げて果てし日進の記念碑建立の法要はじまる

緑深き海軍墓地に響きゆく国の鎮めの吹奏楽は

目頭を拭える白きハンカチを握りしめらる艦長夫人

艦と共に国に殉じた四七五名碑の鉄板に深く刻まる

別れいし四十四年の思いこめ捧ぐる菊花の小さく震う

戦友の犠牲のうえの五十年生かされてこの後も生きゆく

追憶をたどりて友の名を呼べば面影は渦に巻込まれゆく

東京都庁

展望室の窓に新宿副都心賽の河原のごとき街見る

エレベータ軽き音して一分間四十五階の展望室に

目路はるか夜空に浮かぶビル群の灯りは小さき星と見まがう

ひと鉢の薄紅色の胡蝶蘭結婚記念日に娘の送りきぬ

父の法要

ふる里の無人駅にて会釈され誰かとしばし思いめぐらす

父の骨出できし場所に兄を埋めいま七回忌の塔婆あたらし

墓地の隅に見上げし松は褐色に枯れて残りぬ立ちたるままに

風化せし墓石の文字の読み難く形よき碑の六基ならびぬ

崩御

玉砂利に白き光の照り反す松の下かげ記帳に並ぶ

天皇のご快癒祈るひたごころま白き紙に濃く記帳せり

去年の秋師より賜いし鉢植えの紫式部の玉の輝く

近づける車窓より見ゆる大鳥居青空広く鳩の飛びたつ

福笹に黄金の袋結ばれぬ袋の中味胸に帰りくる

威勢よき水道管の水汲みて自動点火にて雑煮つくりぬ

大喪の礼の朝より悲しみの氷雨降り出で二日を止まず

遠きかの戦に散りし友たちに天皇崩御を伝え知らさな

時過ぎて語らう戦争責任論国民なべて黙し死すべし

昭和天皇いく度行幸なされしか黒木の梅は平成にも咲く

II

平成元年の旅

雲を呼び地鳴り伴い噴火する阿蘇中岳は魔力を示す

硫黄塊の深き裂け目はそこ此所に雲仙地獄の噴泉たぎる

切支丹を拷問せしとう噴泉に十字架の立つ雲仙めぐる

華堂の尼僧笑まいて掛軸の御詠歌の書の清すがとして

亡き母に似たる観世音おわすとう三千体祀る回廊巡る

絶え間なき音羽の滝の散る飛沫緑翳《あお》の下七色となる

合わす手に掛けたる数珠の感触は指先つたい仏心やどる

新緑を映し流るる五十鈴川に緋鯉真鯉の水面ゆらしぬ

戦死せし友に捧ぐる黙禱の瞼に若き顔うかびくる

運強き航空隊の友集い幾年ぶりなる神宮に詣ず

空と海ひとつとなれる玄海灘に大きく架かる平戸大橋

被爆せる永井博士は如己堂に喘ぐ患者の治療に当たりし

原爆に焼けただれたる石のもと桜は咲きぬ平和公園

半截の辞令

たわやすし四十年を耐えきたり素直に勤め退職迎うる

半截の辞令をうけて退職の真実を知り吾は去りたり

大原の路

千年の命継ぎきて泥深き水面にゆらぐ蓮のくれない

ほろ苦き舌にうけとめ蓮の茎吸いて冷たき般若湯飲む

蓮の葉に銀色の玉ゆらめける冷酒は茎を伝わり落ちる

うす暗きみ堂に霊気帯ぶしじま鶯張りの板の音きく

曼荼羅を背にして坐せるみ仏は極楽院の天井にとどく

萱葺きの家も残れる大原の路のめぐりに紫蘇の育ちぬ

眠るごと

根室湾の岸辺に干される暗緑の昆布は広く夏日を反さず

街の灯は遠くに瞬く闇のなか十勝平野の叔母を訪ねる

肉親の語りはつきず二時間の刻早く過ぎ別れとなりぬ

励ましの声も届かぬ叔母となり集中治療室のボンベに繋がる

眠るごと逝きたる叔母の手を握るその冷たさは心に滲みる

電気炉の扉静かに閉ざされて現世の叔母のししむらは消ゆ

故郷を離れ住みいて四十年血縁者寄るは冠婚葬祭のとき

叔母逝くと受話器の声は震えいて窓の桜は風に散りゆく

夕暮れて外灯ゆるる水田に蛙の声のひときわひびく

ゆっくり走れ

姓も名も変れる女美しき結び籤にて並び坐りぬ

湯煙と共に湧き出ずる九十八度荒湯は篭の卵を茹でる

古里の山近づきぬ嵯峨野線列車よもっとゆっくり走れ

警策を捧げきたる僧黙すまま頭を垂れいる吾の背を打つ

施食偈を唱えてのちに箸をとる梅干と熱き白粥うまし

赤きカンナ

延着のバリ島は真夜二十四時幾年振りの南十字星

スマランに散りし戦友偲びつつ赤きカンナの花束捧ぐ

空襲に息をころして椰子の木に身を避けしこと幾度なりし

聖戦と言いて戦う独裁者に従い征けるイラクの兵士

湾岸の海に原油の流されて海鳥は首もたげ羽搏く

燃え続ける油田の煙は空をつき太陽を遮り中東は暗し

踊り子号

咲き満ちる熱海桜の紅はひと片散りぬ妻娘の肩に

緩やかに列車は走る踊り子号海眺めつつ茶めしを食ぶ

トンネルを抜けて着きたる熱海駅に娘は笑みて出迎えくれぬ

真夏日を反して廻る観覧車みどりを出でて空に上りぬ

戦争を知らぬ世代の娘たち戦争展への入場勧める

観光の人ら大勢楽しみて過ぎし戦を忘れて遊ぶ

息子の新居

ささやかな住まいを持ちて明日に生く子は人生の道に従い

緑濃き東山を見わたして息子の住まいに朝日射しくる

細胞は分かれ増殖するという離れて息子大きく立てよ

柔和なる性格もちて耐えながら子は自己として家創りゆく

庭石のかたえに繁る千両の赤き実ひかる露おく朝に

身構える間なく響きて地震《ない》すぎぬ人形の瞳動かぬままに

はねず踊り

朝の日に映える幔幕のはねず色少し濃くなり紅となる
竹の音と琴の奏でる楽にのりはねず踊りの童唄きく

輪となりて踊る舞台の女童は綾藺《あやい》の笠を斜めにかざす

乙女等は唐棣《はねず》の衣裳に身を包み優雅な舞は楽に合わせて

美しく身振り揃えて舞う乙女少将と小町の恋を想わす

総門の左右に立てる仁王像その胸と腕の筋肉たくまし

春の日を静かに返す白砂の波紋の庭に塵ひとつなし

金色に光る

山際の空に見上げる五重の塔御室桜の花のなかなり

無動寺の板木《ばんぎ》を打つも声のなく静もる庫裡の奥を窺う

幾年か風雨に耐え来し回廊の木目あらわに素足にきざむ

檀家人の寄進せしとう新しき金龍山の山門見上ぐ

落葉する六百段の石畳御廟めざしてゆっくり登る

阿弥陀峯を背に建ちたる唐門の豊臣の紋金色に光《て》る

家康の怒りに触れて梵鐘の国家安康の文字の小さき

ハワイ

憧れの像はキングカメハメハ片手を挙げて迎えてくれぬ

夕焼けの海の彼方はポリネシア単調なリズムのフラダンス観る

戦跡を伝うるアリゾナ記念館に開戦の日を思い起せり

五十年めぐり来たれる十二月八日戦艦アリゾナを海底に見る

血の色の蒼く変れる真珠湾彼我の兵士の魂ねむる

原色の花咲き満つるハワイより帰りて日本の寒梅を見ぬ

懸想文

空に湧き地に消ゆるまでのぼたん雪傘の内にて暫しを舞いぬ

雪積もる道に詣でる須賀の宮娘のために懸想文を求む

雪かずき鎮もる「紅萌ゆる」の碑ロマンを秘めて吉田山に立つ

小雪舞う二条駅にて友の手を強く握れば笑顔の満ちる

美しく齢《よわい》かさねて健やかに古稀を寿ぎ酒くみかわす

洛北に淡雪の積み朝日射す耀う金閣を友と見上ぐる

緋の絨毯

地下道を出でて緑の風そよぐ国会議事堂の空広きかな

吹抜けの塔の高さは四十米議事堂ロビーの広きを仰ぐ

政治家の醜きことを思いつつ緋の絨毯を踏みしめてみる

国政の動き激しき中にあり自は関りに乱されず生く

杉の香を深く残せる並木路箱根街道の石畳踏む

古き葉の散りて若葉の萌え出づる樟の大樹は空を覆えり

仮歩道

古里の先祖の霊の宿らるる墓土ひと握り頂きて来ぬ

筆太の塔婆の梵字読めぬまま建墓開眼供養を治めぬ

吾と妻息子夫婦と孫二人ならびて順に香を捧げぬ

新しき筆を下ろして写経する朝《あした》の部屋に墨の香の満つ

秋の日のやわらかに射す藪の道ぬけて永興寺の山門に入る

今われの通れる道は仮歩道坂も段差も曲りもありぬ

松に結びて

御真言唱えつつ僧は護摩を焚く炎に立てる不動明王

来ん年の卓上カレンダー賜わりてこの一冊に希望を託す

祈りこめ引きたるみくじ凶なりて松に結びて難を免れん

お神楽の笛にて舞える獅子舞に近隣の犬常より吠える

夜遅く二階の窓に耿こうと進学塾は灯りをともす

雲低く時雨の過ぎて冬の日は欅並木を白く光らす

出雲の阿国

欄干の擬宝珠背に立つ老僧は寄進うくるごと錫杖ならす

南座の春の歌舞伎の開演を待つ人ならび道路に溢る

高瀬川の流れ眩しく光らせて桜並木の蕾ふくらむ

しなやかに扇子かざして舞う像は南座みつむる出雲の阿国

水落つる音静寂を呼び寄せて最後の審判の陶板に見入る

賀茂川の飛石渡るおみならの動く足もと時とし危うし

山峡のぼる

湯畑に湧く黄泉は泥を割り気泡噴き上げ木樋を流る

草津節の唄と太鼓の音に合わせ伝統の湯もみ女《おみな》に教わる

吾妻線二両列車は傾ぎつつ速度ゆるめて山峡のぼる

本堂の仏陀を照らす灯明は逝きし戦友の貌をたたしむ

わが隊の散りし戦友三百余名遺族と共に黙禱捧ぐ

山並みの深き緑は空に延び高野の峰のけわしきを見る

退職する妻

家事育児は自己の役目と疑わず吾を恨まず支え来し妻

貧しさに慣れて生きこし妻なれば朝のメロンを笑みて切りおり

保険会社に二十五年を勤め来て定年待たず退職する妻

終日を歩きとおして足腰を傷める妻は退職するといふ

如意ヶ嶽に点る炎は忽ちに朱色となりて大文字を描く

死者の霊供養し送る盂蘭盆会炎は消えて夜の更けゆく

荒天の海を渡れる空海の苦難を偲ぶ舟型の炎に

干支の猪

京の空狭める高さ六十メートル駅ビル工事の騒音高まる

九州の博多山笠祇園祭は都大路に水かけ走る

青森のねぶた飾りの人形は京都祭りの雨にぬれおり

勇猛に干支の猪描きたる色紙を友は送りくれたり

みどり濃き川会山の長楽寺但馬大仏の伽藍を見上ぐ

金色の輝きませる三大仏美しきみ顔の眼差しうける

鈍色の空

夜なればネオン煌めく祇園街京新山に友と憩いぬ

水澄みて音なく流るる白川に緋鯉真鯉の悠ゆう泳ぐ

雪の降る由志園に見る寒牡丹藁囲いされ緋色あざやか

鈍色の空浅くして風止めば蜆漁舟の動かずに見ゆ

蟹を売る漁師の声は威勢よく客の集えば更に響かす

日華と月華

春の日に金色まぶしく耀ける建礼門の菊のご紋は

南庭の白砂の波広がりて日華と月華のご門に続く

遣り水を池に集める御内庭に花を散らして鯉を遊ばす

皇城の京に震災ありしとき避難なされる地震殿あり

春風は松を靡かせその影を茶室の庭に映しすぎゆく

梅林の若木の花は大輪に苔むす老木の花の小さき

赤き桜桃

遙かなる海より昇る太陽は朝茜して列島をつつむ

三原山の草木焼きたる熔岩は黒く流れて海に沈めり

噴火せし恐怖おさまり三原山は火口巡りの観光をなす

緑ふかき椿トンネル潜りゆく古木の枝は高く伸び立つ

錦鏡池の水面に映る銀閣に風は静かに過ぎてゆきたり

哲学の道を歩めば頭に触れる青葉の中に赤き桜桃

螢

宵闇の二条あたりの空暗く螢ひとつが低く飛びゆく

露草の先まで伝い来し螢少しためらい空に飛びたり

感覚の覚えぬ程に掌にうける螢懸命に灯をともしいる

手にとりて動く螢を観察し児らは言いたり大満足と

登山道は崩れて深き崖となりロープ一本握りて渡る

比良嶺に吹きくる風は冷気おび澄みたる空を胸深く吸う

憂いの眼差し

腰椎の手術なすこと決めたると友は微笑うかべつつ言う

古稀すぎて手術なしたる友なればはらからの愛ひたすらうけぬ

面会を終えて別れの玄関に友は憂いの眼差し向ける

激流は岩に砕かれ虹となり飛沫のなかに舟の入りゆく

物の怪の棲まうか深き保津峡の淀みの洞に若者もぐる

老い二人乗せたる観光人力車は嵯峨野の径をゆっくり走る

たてがみ揺らす

潮風は穏しく吹きて野生馬のたてがみ揺らす都井岬の丘

高千穂の嶺より峡に流れくる真名井の滝壺の藍色ふかき

外城は攻撃防禦を兼ね備え薩摩屋敷の美をそこなわず

遺書遺品の陳列される記念館に特攻兵士の戦跡を見る

杳き日の本土決戦に造られしトーチカはいま農機具置場

青春を国に捧げし特攻兵士の芳名納むる平和観音像

さ緑の刃

年どしを撞《う》ち続けたる除夜の鐘二粁の道を楽しみとして

晴れ着にて毘沙門道を登る孫両裾をとり淑やかとなる

夜半よりの雨に濡れいる水仙はさ緑の刃を空に立ちいる

片麻痺となりて生活十五年義兄は再度の入院となる

意の如く動かぬ身体に苛立てる義兄を愛し慰める姉

僅かなる段差を動かぬ車椅子母と娘は懸命に押す

盆梅の香りゆかしき慶雲館を巡りぬ冷たき足を忘れて

老木の枯れたるごとき幹みがき花顕わなる紅梅を見る

馥郁と香り漲る盆梅展の一樹一花にいのちを感ず

羅漢の笑まう

刻まれる墓石の文字は青みかげ額ずく子らの影をとどめる

谷川に添いて登れる永興寺子らの賑わう春のお彼岸

寄進なすお金とお米幾許かささやかなれど幸せとなす

禅寺の牡丹咲く庭静かにて花の高さに羅漢の笑まう

竹林の緑なす秀は風にゆれ春の光をきざみに返す

筍の芯のみどりの傾ける根方に突き鍬を打込みて掘る

航路

戦争を憎みて逝きし父なるに男子三人参戦させたり

終戦を知らずに逝きし父なるを黄泉路で吾ら守りてくれぬ

俺だけを特に厳しく叱りしと語る次兄に亡父を重ぬ

蒼き空デッキに群がるユリカモメ餌を求めて船を追いくる

銅鑼の音を空に響かせミシガンは水飛沫上げ桟橋離る

航跡は白く広がり波を分け外輪船のドラムはまわる

喚声は悲鳴に変り息を呑む乗りたるマシンは回転始む

猛獣は耳を動かし尾を立てて模造にあれど人を威嚇す

夕暮れの海に耀う屋形船花火の音は空に響かう

娘の婚

東京に不在者投票すませ来て娘は結婚を決めたると言う

嫁ぎゆく娘の衣装を調うる妻の眼差し輝きており

結納の品華やかに受納してこの形式の由来を守りぬ

葵殿に雅楽の調べ漲りて娘は今し三献交わす

抑揚をつけて奉じられる祝詞婚儀のふたり胸に刻めよ

披露宴の果てて寛ぐ新郎と娘は笑みつつ語りておりぬ

春一番

清滝の水音きこゆる朱の橋を渡り愛宕の峻嶺に入る

雪風は樹木を揺らし吹きつける参道の峯を西へ越すとき

水尾の里近くに見ゆる段畑ゆずの黄色と香りの満てる

総門を見上ぐる前の二百段雪を散らして登り遂げたり

車窓打つ春一番の雨風はひと駅過ぐれば空の明るし

紅梅の花の散りたる鉢植を今朝降り出せる雨に当てやる

息はずませる

大峯山に登る修験者は礼なして銅の鳥居に身を潔めると
如意堂に伽藍見上げて急坂を若者につき息はずませる

桜木に役の行者の彫りしとぞ蔵王権現は春を見ており

瑞穂町を山ひとつ越え空広く緑ゆたかな草山の里

朝の日に輝きて立つ観音像に老いたる姉妹の健康を願う

洞窟

山峡の鍾乳洞公園に入りゆく杉の香りを総身に浴びて

洞窟内の風は冷たく頰に吹き上衣通して凍る思いす

洞床の分岐の奥の石筍は羅漢の表情さまざまに見す

垂直の梯子の段を探りつつ洞窟ふかく下りて行きぬ

馬車に乗る公家装束の市長さん沿道の人に笑顔ふりまく

掛声に合わせ毛槍を投げて受く奴の技の確かに決まる

祇園芸妓の扮する巴御前なり馬上姿は堂堂とせる

阿吽の仁王

立山の峯の新雪輝きて山肌荒き厳しさを見す

鐘釣の谷間に見ゆる万年雪は百貫山の落葉に汚る

朱の橋を渡る列車の音高く嶽にこだまし黒部に入りぬ

幾万個の点灯をなす午後六時溢れる人の喚声のわく

震災に遭いたる人の心意気神戸復興の光をともす

幾許の寄進に見合う暫くを悪を払いて獅子は舞いたり

閑かなる山麓に建つ女人堂鉦に合わせてご詠歌を聞く

山頂に狭しと建てる楼門の阿吽の仁王の眼差し厳し

上醍醐の山道登る急勾配は丸太組みたる段差をまたぐ

面影しのぶ

法堂に続ける長き通天廊うぐいす張りの音を聞き渡る

本堂に祈禱太鼓の鳴り響き僧は般若経の転読をなす

青葉闇豊川稲荷の奥の院み堂の前に香煙ただよう

六段と鈴鹿の曲を合奏する舞台の友の面影しのぶ

花の季に風邪を拗らせ入院し紫陽花見ずに友は逝きたり

京大の古風な病棟に友は病み胸部の痛みを耐えつつ臥せる

たちまちに雲を払いて現るる冠雪の富士に喚声のわく

富士の雪はマグマに溶かされ地より湧く忍野八海透明の水

上高地に観光客の棄てる瓶を河童の涙と名付けて売らる

山門の大勧進の扁額は金文字鮮やかに光を返す

お籠りの朝の参道に合掌し貫主の数珠を礼して受ける

参詣の人に寄りくる鳩の群れ手に餌とるも摑まりもせず

鯉

鯉上げの広沢の池の水干され小魚求めユリカモメ舞う

たも網に掬いたる鯉の強く跳ねその勢いに男よろける

滝登り竜門に入るとう鯉なるも養殖されて人門に入る

信仰より旅を楽しみ御朱印の掛軸完成に霊場めぐる

青御影の石に刻まる観音像笑まえる顔に亡き父母しのぶ

早春の空に響ける鐘の音は慈悲の心と道すがらきく

発車ベルを梢の若葉に響かせて登山電車は比叡に登る

各宗の開祖となれる上人は止観成就の木像に逢う

東塔から横川に至る獣みち阿闍梨は深夜に駈け巡るとぞ

海の日の慰霊

夏草は道を狭めて生い茂る墓地への坂を汗して登る

空爆に果てし少年航空兵の碑の小ささが並びておりぬ

襲いくる敵機は低く海面に泳ぐ兵士を銃撃なせり

亡き友に捧げる黙禱の一分間面影つぎつぎ浮かびて来たり

空と海に散華の友の慰霊祭僧の読経に唱和なしたり

巡りきたる七月二十日海の日は軍艦日進の撃沈されし日

梨を選びて

吹く風に熊笹ゆるる谷の間にカモシカの仔二頭の遊ぶ

地を蹴りて一気に体は宙に浮き下界の駅舎は小さくなりゆく

眺望する木曾駒岳のひと処雪の斑か光りを返す

登山道かたえの畑にみぞそばの白き紅きと丈低く咲く

太陽を真上に受けて梨の実は袋の中に甘く育ちぬ

木より捥ぎ梨を選びて皮を剝く妻の両手に果汁したたる

小鹿の眼差し

穏やかな面差し見ゆる薬師如来に護りの十二神怒り顔なり

雪の夜の炎の耀く二月堂大き廻廊に人の小さき

友のもつ袋に鼻を寄せ来たる小鹿の眼差し細くてやさし

鈍色の空に続ける日本海大陸までも押し寄せる波

小雪舞う鎮守の広場に「とんど」炊く炎は人の和を大きくし

拝殿に打つ柏手の音清し杉の梢に静かに消えぬ

トルコ桔梗

演奏の楽しみ深まる妻ならん足の痛みも言わず通いぬ

妻の弾く大正琴の音色よく指の動きの踊るがに見ゆ

愛の唄希望のうたを弦にのせ演奏する妻を舞台に見たり

手を胸に悶え苦しみ床に伏す妻は鞄のニトロを探す

救急車に運ばるる妻に応急措置なす隊員の動き活発

妻の身に刃を立つるこの時を医術と言えど堪え難くいる

見舞いにと賜びし花は病室に挿して咲きつぐトルコ桔梗の

登りゆく林の続く遍路道急坂なれば妻の手をとる

施福寺の清めの水は凍りつき氷を割りて口をすすぎぬ

人間魚雷

広びろと靖国神社の境内は桜の若葉繁りて涼し

戦友の貴き命散りたるを永久に祀りて心にきざむ

神域の能楽堂にて仕舞せる女の衣裳は凛として映ゆ

展示さるる人間魚雷の鉄塊に太平洋の波濤をききぬ

太陽と水の恵に咲く花の自然の色はバイオより美し

花博を一望なせる百段苑若きは身軽に駈け登り来る

隋求堂の暗き階段下り行く数珠の手摺りを探り伝いて

音羽山の筧より落つるま清水を柄杓に受けて身を浄めたり

山際の舌切茶屋の緋毛氈にみどりの楓の影を映しぬ

角櫓の白壁

姫路城の五層七階の天守閣に心柱の太きを触り叩きみる

天守閣に祀らるる神社に鈴ふりて柏手を打つ外国人青年

西の丸の化粧櫓に千姫の使いし鏡台黒き艶もつ

戦国の世の落城を再度経て出石の武士の悲惨を偲ぶ

出石焼きの大徳利のお出し入れ墨書の文字の鮮やかに見る

城跡は石垣高く山麓に角櫓の白壁冬日にまぶし

岩礁の高きに生うる這松の緑は雪をとかし春待つ

空に放てり

風上は敦賀に近く原発の廃液色なく漂いてくる

この海の続く外国は雲のなか愛のシグナル送りたきもの

若葉もゆる楠大樹は空おおう逞しき根は大地を摑む

白書院に坐して眺むる龍心池そそぐ滝水ひと筋光る

孟宗の藪中ぬけるる春風に影は地上に小さくゆれる

比良峰を湖に映して静かなり無限の輝き空に放てり

火灯窓に格子戸に見る源氏の間古代衣裳の式部を偲ぶ

友果てしこと

濃厚な味噌の香ただよう料亭に骨軟らかき鯉こく賞味す

宴の果てても語り尽くせぬ南海に魚雷攻撃に友果てしこと

夏雲の湧きくる空に岐阜城は山を領して動かず立てり

集いたる戦友と酌める盃の酒量はとみに少なくなれり

長刀を天に掲げて町衆の曳きゆく鉾頭はしなりて光る

宵山の飾り提灯ゆれる頃祇園ばやしに民衆は酔う

京の街に三十二基立つ祇園鉾は伝統美術の豪華さを見す

菩提寺の伽藍

本堂の天井連なる大き龍のまなこ厳しく下界を睨む

楠の木の一刀彫の巨き木魚その大きさは日本一とぞ

幾許の寄進に成りし菩提寺の伽藍見上ぐる祖の家として

筆太に力こもれる歌碑の文字登師の信念の強きを思う

子どもらを時に見守る登師の歌碑は蒲生の憧れとなる

雨風に耐えきし大き梵鐘の音色は広く仏舎利眠る

皇居内の石垣高き富士見櫓高層ビルにて視界塞がる

平なる八面体の屋根をもつ優雅な楽きく桃華楽堂

両岸は荒草深き道灌堀葦の繁みに水鳥うごく

金婚の妻

庭の松の剪定を妻となし終えて伸ぶる針葉天に向き立つ

赤と黄のバラの花束贈られて金婚の妻のほほ笑みており

従順に苦労いとわず五十年添いきし妻はミルク温める

麻痺の手で文字の書けざる悔しさに妻は黙して涙を流す

外出に眼を病む妻のブルゾンの最初の金具合わせ嵌めやる

紅梅の咲き初むる朝に意を決し手術せんと家を出でたり

踏まれしままに

金箔の大き屛風に描かれし桃山時代の庶民のあそび

豊臣の黄金の家紋を照らし出す篝火庭に高く掲げて

濠のなき城郭たかき石積みは耐震性の極めあるとぞ

優雅なる蒔絵なしたる京塗の花形茶托の艶めきを見る

鍛金《たんきん》の打出しなせる燻し銀京仏壇の重厚なる装飾

鎚音の調子にのりて刻まるる花崗岩の灯籠の美は

本堂の混雑を避け闇に入る戒壇めぐりに気持ち安らぐ

天邪鬼の顔苦しげに吾を見る門の仁王尊に踏まれしままに

御影堂に坐す鑑真和上像の眼閉じたる穏やかなる面

神鈴ふりて

海兵の訓練を経て軍艦に乗組員とし海に馴れたり

島ひとつ見えぬ航海幾月か飛び魚と速度を競いて過ぎぬ

酷寒の千島の海の作戦は防寒服にて作業をなしたり

胸を張り息整えて腕を振り牛尾山頂めざして歩く

大宅の道祖神祀る岩屋神社に神鈴ふりて柏手を打つ

谷川に魚捕る子ら初めての魚跳ねる感触に喚声おこる

安芸灘の潮の流れを遡るフェリーは鷗に追い越されゆく

御影石を積む大講堂旧海軍兵学校は天空に建つ

唐突に姿勢を正し挙手の礼少年自衛官の見学者に対す

観音堂

みどり濃き楓ゆらして吹く風に声明高く低く聞こゆる

墨の香の漂い静もる写経場に筆持ちたれば心おさまる

蹲踞に落ちて光れる水玉の動きて消ゆるを見つめいたり

麓より眺めはやさし牛尾山観音堂道は長くて険し

本堂を暴風雨より守りいる天狗杉は空を覆えり

湧き出ずる金名水を求め来て僧は観音堂を開きしとう

灯明の動かぬ光に照らされる釈迦如来像は微笑みたまう

天井の蟠龍図を仰ぎ見て柏手打てば堂内に響く

東西に寺領を抜ける通り道鐘の音聞きつつ街人のゆく

叙勲

春秋の間の襖あき出でませる陛下の姿に身を固くする

宮殿の床に歩める絨緞は足もと深く弾みを感ず

誠実と奉仕を旨に四十年勤めて叙勲の栄誉をうける

青空に冠雪の富士おだやかなり皇居に向かう列車の窓に

緑深き都心の丘に建つホテルニューオータニのビルを見上ぐる

朝日さす日本庭園の太鼓橋朱塗の欄干眩しく光る

銀面の馬

鬼達は笛と太鼓の音に合わせ動き激しく厄除け踊りす

産土の氏子は集い狩衣に御幣を納めて街中を練る

銀面の馬にて駈ける近衛使代は止りて胸張り路頭を飾る

吉祥山の扁額を見る山門に四天王像は眼を光らす

縁《えにし》とは有難きもの幾年月経ても亡き父母心に残る

車椅子

野の花より強く生きろと病室の妻の枕頭にコスモスを挿す

雨の日も風強き日も橋わたる妻療養する病院めざして

防寒の帽子靴下コート着せ介護タクシーをロビーに待ちぬ

妻の病癒ゆるを願い壁掛けのカレンダーを一枚めくる

老夫婦の花の回廊巡る時車椅子の人に譲りておりぬ

妻を乗せ車椅子を押すさくら橋岸辺の桜は満開なれば

川岸の菜の花を挿す病室に妻の見えずも窓の明るし

忽ちに暗雲迫り来ガラス窓を斜めにさきて稲妻の射す

朱の鳥居

花散りて冷たき風に紅しだれ枝は小さき緑芽の噴けり

菅笠に花飾りする婦人の列紫衣裳にはなびら散らして

笙の音を静かに吹ける雅楽団合奏の篳篥に哀調を聞く

稲荷山を遠くに望み秋色の空を目指して真すぐに歩む

参道に続く寄進の朱の鳥居潜る人らの身体を染める

海風の砂丘に描く風紋を壊して歩む足跡をも消す

朱の柱みどりの格子鮮やかに注連を張りたる四脚門くぐる

雲間より見え隠れする冠雪の富士の眺望に暫し動かず

さざれ石

日本の峰なる岳の乗鞍に自然破壊し道路の敷かれる

この道を通ればば見ゆる彼岸花稲田の岸は空まで赤し

新米を贈りくれたる弟の野良着姿の畑をおもう

鳥居三基を望む墳墓はさざれ石地球に沿いて鎮め治まる

栗石を敷き詰めかためる参道を上りて昭憲皇太后陵

桃山御陵の通り隔てる南側板倉周防町に建つ乃木神社

雨風に耐えて伸びゆく向日葵はわが丈越えて屋根に届きぬ

毎日を陰膳据えてわが為に祈りくれし母貧しさのなか

行動は生きる基本と心得て怠けず弛まずつとめて歩く

かがみ会

大空に鴟尾黄金にかがやきて大極殿の威容を誇る

朱雀門を正面に見て大路ゆく平城宮殿を身近に感ず

平城京千三百年祭いにしえの奈良の文化をこまごま伝う

職辞して二十年を逢わぬ友かがみ会にて笑顔を見せる

足跡と指紋の鑑定を常務とし法医鑑定も職場にありき

山陰の三徳山に登り来て投入堂を遠くに拝す

払暁の突然のベルに姪の声母が逝きしと静かに切れる

病院の窓より広き空見上げ姉は雲の行先き思う

年齢と体力はかり抗癌剤のみに治療に専念なしおり

ふる里の菩提寺の参道広くなり観音堂の静かに建てり

丹波路の遅き春にも辛夷咲き雨の止みたる空の美し

年輩の和尚の馴れし振舞いも宗派極めて有難きかな

逢坂の関の両側森ふかく丘に蟬丸神社まつらる

旅人は歩き疲れしひと時を町家の床几に汗をぬぐいぬ

誘われて友と歩める旧東海道に大津事件の碑小さきの立つ

曼荼羅図

亡き父は男子三人《みたり》を出征させ弟の徴用断りしと
過去を悔い黙禱なして平安を祈る八月十五日なり

終戦の年の八月十三日敗戦知らずに父は逝きたり

寺庭の萩のみどりは風にゆれ紅紫の花地面にこぼる

墓碑を建て二十年経つ彫刻の文字の汚れを丹念にとる

境内に掲げる大き曼荼羅図殺生なき世を殊に祈りぬ

白壁に黒き縁どり窓高き酒蔵見上げ川辺を歩く

濠端の竹田街道の出合橋に角倉了以の記念碑の建つ

歴史ある町の観光を復活せんと十石舟の運行を楽しむ

吉野川を上りて行けば山と山迫りて大歩危の空狭くなる

左手は蔓の欄干に身を支え右手にカメラゆるゆる渡る

緑陰の山中の家に朝日射し落人の末裔《すえ》の一日始まる

草深き緑を蹴って駈けてゆく本州最南端の碑の前に立つ

天空を遙かに望む灯台の昼は岬に光を放たず

那智の滝は災害復旧ままならず大型クレーン大石吊り上ぐ

眼の切に

百日紅の鮮やかに咲く紅を見上げて大き息を吐きたり

自が意志で動けぬ妻なり娘に何を訴えいるや眼の切に

涼しげに夏花一りん活けたるも表情変えぬ妻なる愛し

冬晴れの堀川通りの空広く東南隅櫓は朝日に輝く

大手門の鉄扉は大き頑丈に世界遺産を守りておりぬ

黒光る広き廊下を歩むとき鶯張りの音色を聞けり

床の間に天とし活ける南天の赤き実鮮やか凛として立つ

盆栽の松竹梅を造り上げ苔のみどりを川岸に採る

川岸の桜の幹は黒ぐろと枝先の蕾あかくふくらむ

北西の御所遥拝する彦九郎像は眼鋭し坐して動じず

大橋の擬宝珠の傷は尊王の志士の刀の痕跡とぞ

青空に枝垂れ桜の乱れ咲く道ゆく人の肩にふれつつ

海ほたる

海兵の帽の正面に金文字は「大日本帝国海軍」とまぶしき

沖縄戦に戦艦大和は特攻せし三千余名と共に果てたり

戦争の映画にあらず「男たちの大和」は日本人の郷愁

海ほたるのタワーより見る東京湾五月の光集めて眩し

都心より海を隔てて房総の山みどりなり潮騒をきく

首ひとつ

山伏の姿凛凛しき幼少の日蓮修業なされし清澄山

幹太くその根は深く地を摑み三百年の歳こゆる檜

人間の汚染なせるを浄化して赤沢美林に深呼吸する

木曾檜を一本伐ると首ひとつ斬りて藩主は山を守りぬ

水琴窟

音階を違えて聞こゆる水琴窟一滴の音は心を癒やす

竹筒を耳に当てがい気を静め水琴窟の音を待ちおり

松林を抜けて小さき庵あり苔むす石の蹲踞を見る

ひと夏の命をかけて魚獲りし鵜は小屋内に優しく遊ぶ

山麓の白き障子の閉ざされて興聖寺の僧の坐禅の気配す

青空に雲流れゆき浮島の十三重の塔動くがに見ゆ

春浅き富士の麓に風立ちて霞のなかに茶畑つづく

御前崎の浜より百の石段を登りて望む遠州灘を

風強き白亜の灯台青空に近づく階段を昇りゆきたり

お玉杓子

二の講は小山区住民の作りたる藁の大蛇御幣を祀る

山道の落葉を踏みて登りゆき眼下に見放くる山科盆地

さくら草の紅と白とに丈そろえ歳末の花舗は春の装い

水面の早苗の間を泳ぎいるお玉杓子の大小の見ゆ

早苗田の畦にしゃがみて幼児は指差して見るお玉杓子を

雨多く成長なせる茄子トマト支柱補強に苦労するなり

「いい夫婦の日」

胸騒ぎ覚えて携帯電話する直ぐに病院へ行けとの知らせ

「いい夫婦の日」医師に看取られ息絶えし妻は最も幸せなりし

声そろえ家族で唱和すご詠歌は仏となりし妻への馳走

花器えらび松と菊とを天地にて赤実の千両を人とし締める

盆栽の梅は三年越しのもの松と竹とを寄せ植えとする

生花を好みし妻の亡き年と去年に見習い花を盛りたり

淘汰されいる

本堂の軒下に舞う石見神楽大蛇四頭を勇壮に演ず

尺八と太鼓に合わせる大神楽大蛇と武士の戦いを舞う

空を突く黒き高層ビル二棟建つ駅前に立ちて見上ぐる

山頂の木造展望台の空広く木津川八幡を俯瞰す

谷川の丸木橋を渡りてより登山道さらに急となりたり

台風にて杉の大木倒れおり跨ぎ潜りて登山道行く

下山道に転倒したる少年は起きて笑みつつ土払いたり

世の中は壊れてゆくか海も山も天命に人は淘汰されいる

被災地の救助は困難噴灰は泥流となり人為を妨ぐ

台風のコース常なる九州の友は対策万全なりと

細川家のロマン伝える公園に忠興と玉の石像見上ぐ

旱魃に雨を降らしし龍を誉め勝龍寺門に注連縄を飾る

本堂の奥祭壇はうす暗く秘仏の阿弥陀像を拝めず

日野山の平坦地にて方丈記を編纂なせり鴨長明

音楽隊

プラカード掲げて歩く行列に風吹く時は強く支える

先頭の音楽隊の楽を聞き住民ら道路に集まりて来ぬ

音羽川の光る水面に花映す置石わたる子らの身軽き

水草の動くとも見え川底に小魚泳ぐ鱗のひかる

深草の丘陵地帯登り来て初夏の汗を暫し忘れる

東方の御所を拝して立ちませる清麻呂公の像まなこ鋭し

狛犬でなく一対の猪像社前に建ちて故事を伝える

榠櫨の実詠う勇の歌碑の文字黒ぐろとあり生きいるごとし

曾孫

世の習い普通の事とおもえども男子授かる幸せ憶ゆ

天心無垢の命授かる曾孫の顔尊きと静かに見つむ

曾孫の名前を弘樹と知りたるも嬉しきことぞ弘樹と声に

鉄塔に台座作りて番鳥の人工孵化に成功したり

豊岡より放鳥したるコウノトリ六十羽が今自由に飛びおり

丹頂は一声鳴くが足黒く鸛《こうのとり》は鳴かず紅色の足

早朝の坐禅

紅葉の近江八幡城跡に村雲御所瑞龍寺を眺む

秀次の築城なしし八幡城琵琶湖の水を外堀に引く

赤レンガ塀の続く池田町ヴォーリズ夫妻の住みいし処

豊かなる歴史文化の丘陵地但馬に竹田城跡のあり

勾配の急なる山の南側千畳を避け北より登る

大輪の菊を供えし妻の墓鹿は一夜に花喰べ尽す

山麓の墓を清めて霙ふる水汲み供花し焼香をなす

本堂の高きにまつらるる妻の位牌僧の読経に唱和なしたり

毘沙門堂に十数年を通いきて早朝の坐禅を修め上げたり

わりきれない運命

1　軍艦日進

人はみな運命によって行く道を決められているのだろうか？　それぞれ個人の行動は自由である筈なのに、その生れた時代を支配する運命に縛られているのかもしれない。

私は昭和十六年五月に海軍志願兵として舞鶴海兵団に入隊した。新兵教育・看護教育を受けて、昭和十七年三月、水上機母艦（特殊潜航艇母艦）「日進」に乗艦した。シドニー、ガダルカナル作戦、ミッドウェー海戦に参加した。昭和十八年七月二十二日午後一時頃、南方海域にて乗艦「日進」は撃沈された。この時の敵航空機は百六十機余、航空魚雷と、爆撃により轟沈された。

戦闘配置から数分で上甲板は爆撃により重油に引火し火焔が燃え上っていた。艦内は暗闇で甲板の火煙がダッタル（出入口）から吸い込まれ呼吸困難な状況だった。すぐに上甲板後部より海中に飛込み退避した。雑嚢、防毒面、帽、靴まで脱ぎすてていた。海面に浮上すれば艦は既に沈没していた。敵機は上空にて海面の兵士に機銃掃射をした。兵士は海中に潜り難を避けた。

約七時間後の夜間に味方駆逐艦に救助された。九死に一生を得て生還した。全長二百米の総屯数一万三千余屯、性能、装備は最高という「日進」も撃沈され、多くの乗員、戦友を失うことは運命と言って簡単にわりきれない思いである。

戦場では、生と死は紙一重の差それが常とはいえ断腸の思いである。

太平洋戦争は多くの人にとって不幸な出来事であったが、この犠牲となって散った英霊の魂は生き残った者に受け継がれ、現在の日本繁栄の原動力となったが、再び起こしてはならない戦争の惨禍を肝に銘じて、慰霊の心で生きねばならない。

2　三一空での思い出

昭和十九年六月頃三一空は比島ニコラス飛行場で勤務していた。七月に米軍の比島に対する攻撃が予測されるのでジャワ島ジョグジャカルタに転進することになった。私は第一便の柳河丸でマニラを出港し南下しその夜間スル海に入る頃、上甲板の石炭庫で仮眠していたその時、ガツンと大きな音と横ゆれの衝撃があり咄嗟にやられたと直感し甲板に出ると船は傾き船員達がカッターを降ろして避難し始めていた。夜の光りの中に私は無我夢中でロープを伝いカッターに乗り移った。

上甲板に積んであった練習機はオレンジ色に燃え波に消えていった。すべてがアッという間の出来事だった。助けられてから気がつくと私は足に負傷しておりその上デング熱での発熱でボルネオの港にて十日間程休養してからジャワに向った。

この遭難においても戦友を失った。度重なる不運にても命を永らえる自分に、運の良いことにわりきれない人生を感じる。

常夏の国ジャワ島中部で昔から栄えたこの街は南国の色鮮やかな花咲く静かな街で果実は、バナナ、マンゴ、ドリアンと実に美味で、特にマンゴスチンは忘れ得ぬ味である。

しかし訓練は厳しく特攻訓練がなされていた。

医務科でも飛行機事故の処理、兵員の健康管理、盲腸炎手術等多忙な日もあった。

昭和二十年八月、戦は終った。総員集合によって重大放送を聞いたが内容は全く聞きとれなかった。司令の訓示で日本がポツダム宣言を無条件受諾したことを知った。

しかし思えば「悠久の大義に生きる」とすでに命を捧げてきた私達に、決断のときがきたに過ぎない。

この時にこそ冷静に事態を見きわめ、考えて行動することが必要だった。

三一空隊員は統制ある行動でバンドン、チコレに集結した。

竹垣に竹造りの宿舎で生活、連合軍の命令で諸作業に従事し、昭和二十一年五月病院船にて内地に帰還した。

思えば国家の為に生命を捧げ戦い多くの犠牲者の中から生きていることは運命の強さを感じないわけにはいかぬ。

故郷にいた母親は毎日お仏壇に陰膳をお供えして無事を祈っていたと聞きその至誠が神仏に通じたので改めて神様とご先祖に感謝した。


私は運命とはいえ多くの体験を得た。軍艦「日進」では、日進会を通じて慰霊碑を建設して供養している。三十一航空隊では毎年慰霊の会合をもち、関東、中部、近畿と当番制をもって大会をもち戦友の絆を深めると同時に慰霊の心を新たにしている。

平成二十五年に至り会員高齢のため一応の解散をみた処である。その一人ひとりの慰霊の気持は変らない。

跋

神谷佳子

著者山田弘氏は大正十二年生まれで九十二歳。昭和十六年五月、海軍志願兵として舞鶴海兵団に入団される。昭和十七年三月、水上機母艦（特殊潜航艇母艦）「日進」に乗艦され、シドニー、ガダルカナル作戦、ミッドウェー海戦に参加。昭和十八年七月二十二日午后一時、南方海域にて「日進」は撃沈さる。敵航空機百六十機分の航空魚雷と爆撃により撃沈。七時間を漂流し、助けられたと、後に添られた文章にある。文章「わりきれない運命」をお読み頂きたいと思う。個人の軌跡というより、昭和史、戦争に深く関わった方達の真情が事実を通して如実に語られている。

襲いくる敵機は低く海面に泳ぐ兵士を銃撃なせり
空と海に散華の友の慰霊祭僧の読経に唱和なしたり
巡りきたる七月二十日海の日は軍艦日進の撃沈されし日
空爆をうけし一瞬火柱の立ちて沈みぬ吾が乗りし艦
友ら散りしブインの海の遙かなり「日進」果つる日の暑かりき

など詠まれており、この時の衝撃と海面を漂った生死の峡間《はざま》の体験は、本歌集の実る起点といえよう。

長く作品を拝見してきた。旅の歌・叙景の歌が多いが、見るべくはきちっと捉えられ、読んでいて気持がよい。情趣におぼれて表現がごまかされることがない。

誠実と奉仕を旨に四十年勤めて叙勲の栄誉をうける
青空に冠雪の富士おだやかなり皇居に向かう列車の窓に
行動は生きる基本と心得て怠けず弛まずつとめて歩く
足跡と指紋の鑑定を常務とし法医鑑定も職場にありき

文章の終りに「国家の為に生命を捧げ戦い多くの犠牲者の中から生きていることとは運命の強さを感じないわけにはいかぬ」と書かれ生来のご性格に重ねて、死者に恥じない生き方をと常につとめられたのであろう。ご自身の戦後については、文章に感慨深く書かれているのでここでは触れない。一世紀を生きるということの「尊さ」を私は教えられた。
夫人は著者を支え、戦後の厳しい生活の中で育児に家事に専心された。後には仕事にもつかれ、そして先に逝かれたが夫人を詠まれた作品は、深い愛情をもってこまごまと詠まれ自ずから畏敬の思いが伝わる。

夜遅くひとり静かな食堂に花活ける妻の鋏の音す
三本の孔雀の羽根と草花を活けおえ妻はしばし眺めぬ
細《ささ》やかな趣味を持ちたる妻なれば色形違う花器三個買う
いつよりか諍いのなく二人住む今朝雨のなか妻を見送る
家事育児は自己の役目と疑わず吾を恨まず支え来し妻
保険会社に二十五年を勤め来て定年待たず退職する妻
終日を歩きとおして足腰を傷める妻は退職するという

前の四首は、著者が常に妻の動きを見守り、いとしく思われている様子がよく解る。そっと見ている著者の眼の優しさ。後の三首には深いいたわりの思いが感じられる。

演奏の楽しみ深まる妻ならん足の痛みも言わず通いぬ
妻の弾く大正琴の音色よく指の動きの踊るがに見ゆ
手を胸に悶え苦しみ床に伏す妻は鞄のニトロを探す
雨の日も風強き日も橋わたる妻療養する病院めざして
「いい夫婦の日」医師に看取られ息絶えし妻は最も幸せなりし
生花を好みし妻の亡き年と去年に見習い花を盛りたり

丁寧に心をこめて詠む一首一首に、苛酷な体験を越えてきた人のゆき届いた眼ざしがある。一人海中を七時間漂われたかつての苛酷な体験。そして今生きて在ること、詮なく先に見送ることになった妻の生命、その何れにも天に従って肯定し、受容する確信さえ感じられる。

「日進」に乗艦して沈没、九死に一生を得られたこと、そして人生の同志とも頼られていた夫人の死が本歌集の核になっている。

救出される迄の、海中での七時間の漂流で、存在の不思議と自己の運命への感謝。又「声そろえ家族で唱和すご詠歌は仏となりし妻への馳走」と妻の死も天命と受け自然《じねん》を肯定する人生観。偶然でなく確固として存在すること、まさにこの世界に今、存在することを全肯定している。
自然《じねん》を受け入れそのままに信じて進む。「行動は生きる基本と心得て」と詠むように、何かそのゆるぎない信条に感動する。

日常・旅・景を詠む佳品にも触れておきたい。

白き息吐きつつ両手ポケットに入れて歩めば孤独となりぬ
三層の雲海抜けて陽光《ひかり》浴びわが旅客機の西へ飛行す
追い越さるる肩巾広く逞ましき眼差しはやさし西独の街
ユングフラウ山頂駅の大サイン帳漢字で書きぬわれと妻の名
みどり児を抱ける腕に感じおり未知の入りくる重き頭を
大喪の礼の朝より悲しみの氷雨降り出で二日を止まず

杉の香を深く残せる並木路箱根街道の石畳踏む
木より捥ぎ梨を選びて皮を剝く妻の両手に果汁したたる
結納の品華やかに受納してこの形式の由来を守りぬ
大輪の菊を供えし妻の墓鹿は一夜に花喰べ尽す

少ししか抄出できないのは残念であるが、何れも心も眼も対象に届きそれを表出することで著者の思いを巧みに伝えている。

一首目こんな動作がふっと孤独をよぶ。五首目みどり児の重き頭にこのように思う祖父は少い。六首目天皇に対する思い。八首目妻の一部始終をみて梨の果汁の豊かなることを詠む。九首目世の中の折り目を守りその意義を大切にする生き方。十首目供華の菊を一夜に食べてしまった鹿。そこに何か鹿への愛しさを感じる。

日常生活を詠む。三十一音に、取捨し切りとって詠む。自ずから著者の人生に対する思いがほんの断片からも匂い出る。まことにこの世に在ることを潔く受容しまっとうに誠実に九十二年を生きてこられた。自己本位の波乱万丈の人生ではない、静かに安定した情趣と、たえず一歩を目ざす姿勢によってさわやかな一巻となっている。

体験を声高に語らず身の中に内在して着実に生きてこられた、とても力強く気持のよい作品集である。

戦争を知る人も知らない人も多くの方に読んで頂きたいと切に思う。

藍青の海と空の間に生きてその広らかさに人は救われる。生者も死者も、在不在もなく太陽は昇り沈む。表題『空と海と』にこもる思いは大きく悠久につらなるものといってよいであろう。

空に敵機が乱舞し、海に軍艦が散在した時を著者は知っている故に、今はとにかく平和な「空と海と」に託す祈りは強いのであろう。

平成二十七年十一月二十三日

あとがき

このたび歌集『空と海と』を出版することと致しました。戦後七十年を機会に私の人生を省みますと、青春時代の五年六ヶ月を太平洋戦争に参加し、敗戦となったことは国民の総ての方がたと共に最も不幸な出来事でありました。外地より故里に帰りまして最も有難かったのは敗戦の貧しい暮しのなか家族が待っていてくれた事でした。

終戦後の日本国は連合国の占領下にあって国民の生活も苦しく治安も乱れた状況のなか時の政府と国民が一致協力して社会秩序を守り発展させて今日の繁栄を築いたもので国民総ての努力の賜であると有難く感謝しております。

現在の世界の状勢を見るとき中東ではイスラム国と称し内戦状態にあり住民は日常生活を奪われ難民となり悲惨な状況にあり全く哀れというほかありません。この事を現在のわが国の社会生活を競べるとき平穏に映画、演劇等の娯楽を見てまた野球、サッカー、相撲等もテレビを見て自己の能力に応じて参加するこの様な状況は誠に幸福というほかはないと思います。平和に馴れすぎている国民は自分の生活を省みて戒をもって生きてゆかねばならないと深く考えさせられます。

私も戦後就職し四十余年社会人として勤め定年退職したとき何か趣味をもたねばと思い立った頃、当時の西友のカルチャーにおいて、中野照子先生が短歌教室を開講されておられましたので入会させて頂きました。これまでに文芸についてを全く判らずにいましたので文法など基礎から教えて頂きました。

今日はからずも歌集出版の機会を頂きましたので担当の神谷佳子先生にお願い致しましたところお心よくお引受けくださり恐縮ながらお世話頂くこととなりました。全く至らぬ私の作品ですが戦争体験とその後の生活を記録いたしました。

神谷先生にはご多忙のなか選歌、編集等を、更に身に余る跋文を賜り誠に有難く感謝いたしております。

また畑谷隆子様には西友当時からの誼もあり厚かましくも最初から細々と相談にのって頂きお力をかして頂きました。有難うございました。

尚、好日社の先生方にご指導頂きましたことまた歌友の皆様、木綿の会の皆様にもお世話になり有難うございました。

終りになりましたがこの度の出版についてご配慮頂きました青磁社永田淳様に心から厚くお礼申し上げます。

平成二十七年九月

山田　弘

著者略歴

山田　弘（やまだ・ひろむ）

大正十二年六月六日　京都府に生まれる。
昭和二十二年一月（軍隊復員は昭二十一年六月）　京都府警察に採用、地方事務官、巡査を拝命。初任科教養を経て下鴨警察署に勤務。
昭和五十六年三月三十一日　京都府警部にて鑑識課を最後に退職、勤続年数三十五年。
同年四月　京都産業大学に採用、学校職員となる。
平成元年三月三十一日　京都産業大学を退職、勤続年数八年。

好日叢書第二八一篇

歌集　空と海と

初版発行日　二〇一五年十二月八日
著　者　山田　弘
京都市山科区音羽伊勢宿町一二―七（〒六〇七―八〇七二）
定　価　二五〇〇円
発行者　永田　淳
発行所　青磁社
京都市北区上賀茂豊田町四〇―一（〒六〇三―八〇四五）
電話　〇七五―七〇五―二八三八
振替　〇〇九四〇―二―一二四二二四
http://www3.osk.3web.ne.jp/~seijisya/
装　幀　大西和重
印刷・製本　創栄図書印刷

ISBN978-4-86198-337-5 C0092 ¥2500E